IRONDELLES.

POÉSIES

PAR

Ernest de POYEN.

... La Muse est toujours belle,
Même pour l'insensé, même pour l'impuissant;
Car sa beauté pour nous, c'est notre amour pour elle.

Alfred de Musset.

PARIS,
LIBRAIRIE DE GARNIER FRÈRES,
RUE RICHELIEU, 10, ET PALAIS-NATIONAL, 215 (*bis*).

1850.

HIRONDELLES.

HIRONDELLES.

Poésies

PAR

ERNEST DE POYEN.

> .... La Muse est toujours belle,
> Même pour l'insensé, même pour l'impuissant ;
> Car sa beauté pour nous, c'est notre amour pour elle.
>
> ALFRED DE MUSSET.

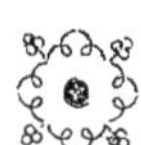

BORDEAUX,
IMPRIMERIE DE P. HARÈL,
RUE DES AYRES, 28.

1850.

PRÉFACE.

—※—

Le ciel est sombre. Chaque chose de la terre y a jeté une fumée : les canons sont chauds, qui viennent de gronder ; les pavés tachés, où le sang a coulé ; les murs noircis que l'incendie a baisé de ses lèvres rouges. Le ciel est sombre. Chaque chose de l'esprit y a jeté un nuage : la Politique se masque, la Religion se voile, la Famille s'éplore, la Propriété a peur, la Société se demande si elle rêve.

Le ciel est sombre, et voici des Hirondelles ! Les hirondelles pourtant sont des oiseaux frileux pour qui sont mortelles les atteintes des hivers. Elles s'animent au soleil flamboyant, elles se réjouissent du ciel bleu. Et l'astre a disparu, et l'azur s'est embrumé. Que vont-elles devenir, les pauvres? — Qu'allez-vous devenir, pauvres hirondelles? Pourquoi sitôt partir? Restez dans vos nids au rebord des toits, dans la mousse sous l'aile de vos mères !

Conseils superflus ! Vaines prières ! Leurs petites ailes n'ont-elles pas des plumes? Elles partent ! Aussi bien, s'il fait froid ici, elles traverseront les mers. Le soleil n'est pas couché partout, et le ciel sourit toujours à quelque région dorée.

Allez donc, hirondelles du bon Dieu !

Et vous, pauvres vers boîteux que la Muse mensongère a comparés à des oiseaux, allez ! Il est encore, il est toujours, sous l'horizon le plus sombre, des âmes sereines ; il est des cœurs où le Grand Artiste n'a point chaviré la palette, n'a point brouillé les couleurs pour faire du blanc et du noir un gris douteux, du bien et du mal, l'utile, de l'amour et de la haine, l'égoïsme. Allez ! Allez sur un pied ! Allez avec un œil, vous les rencontrerez, car ils vont par vos chemins.

Bordeaux, février 1850.

Sonnet-Prologue.

—

Je vous livre ces vers sans crainte ni souci,
Sans feinte humilité, mais sans vaine espérance;
Je les trouve à mon goût — c'est tout simple, je pense —
Mais vous les jugerez; tels qu'ils sont, les voici :

Pourquoi, me direz-vous, les avoir faits ainsi?
Pourquoi de petits vers cette maudite engeance?
Un drame aurait prouvé chez toi plus de science!
Un poëme eût... Lecteurs, je demande merci!

Pour traverser les mers, gonfler au vent sa voile
Et risquer son destin sur la foi d'une étoile,
D'autres se sentiront ce courage hautain!

Pour moi, sur l'Océan je cherche une autre place :
J'aime voguer sur l'eau sans en rider la face,
En côtoyant de près le bord le plus voisin!

Bordeaux, janvier 1850.

Prélude.

—

LA MUSE ET LE POÈTE.

—✻—

I.

Comme de loin, debout, immobile, on contemple
La face d'un palais, la majesté d'un temple,
Le soleil radieux;
Comme Christ par Satan porté sur la montagne;
Comme le vieux forçat qui passe près d'un bagne,
Grince un rire odieux!

Comme le condamné, songeant sa mort prochaine,
Brise ses doigts chétifs à secouer sa chaine...
Et rit d'être impuissant;
Comme un coursier fougueux qu'une main familière
Calme d'une caresse, agitant sa crinière,
S'arrête hennissant!

Comme fuit au désert la nerveuse cavale,
Que pressent, affamés, d'une course inégale,
Tigres, lions, chacals;

Comme une belle enfant dont l'enfance est finie
A peine, songe fleurs, bijoux, danse, harmonie,
Et ne rêve que bals!

Comme un insecte ailé qu'attire la lumière;
Comme l'affreux hibou qui fuit le jour derrière
Les vieux murs lézardés;
Comme un bleu bengali qu'un noir boa fascine;
Comme un esprit des airs qui descend, et lutine
Les amants attardés!

Tels, et bien plus divers, puissante Poésie!
Quand tu verses en moi tes longs flots d'ambroisie,
Tes saints commandements;
Tels, mais tumultueux, s'entrechoquant ensemble,
Eclatent dans mon sein trop étroit et qui tremble,
Tes horribles tourments!

II.

Je veux chanter de Dieu la sagesse infinie,
Qui des mondes régla la parfaite harmonie,
Créa l'humanité!
Et je veux des humains chanter l'humble sagesse,
Qui connut Dieu, disant : L'Être sera sans cesse,
Ayant toujours été!

Chanter le firmament, le soleil, les étoiles,
Et du cœur de chaque homme arrachant tous les voiles,
Mettre à nu les méchants!
Dire du pur amour l'ineffable mystère,
Et l'amour de la femme, et l'amour de la mère,
Et l'amour des enfants!

Peindre des chauds climats les régions torrides;
Des monts aériens les aiglons intrépides,
Essayant leur essor!
Le grand Génois perçant comme un chemin les ondes,
Et faisant entre eux deux communiquer les mondes,
Qui s'ignoraient encor!

Et tout ce qui fut grand au monde, Rome et Sparte,
Alexandre et César, saint Louis, Bonaparte,
Sur le pavois porté!
La gloire des Français, leur dragon qui galope,
Leur grenadier qui marche, ensemençant l'Europe
D'un grain de liberté!

Aux heureux, aux puissants, sectateurs d'optimisme,
Montrer d'un doigt vengeur le monstre Paupérisme,
Qui commence à grouiller!

Et les faire pâlir devant l'être difforme
Aux grandes dents, aux bras velus, au ventre énorme,
Que la faim fait bâiller!

Et consoler le pauvre, en lui faisant connaître
Qu'une aurore nouvelle à l'Orient va naître,
Que l'horizon blanchit!
Que l'homme aux lois du mal d'un pas fatal échappe;
Que pour gagner Eden, s'il lui reste une étape,
C'est celle qu'il franchit!

III.

Muse! tu l'as voulu! j'obéis et je chante!
Mais nul ne m'entendra..... Plus de foule qui hante
Ton temple déserté!
Les grands ont leurs plaisirs, les bourgeois leurs affaires,
Le travail jour et nuit retient les prolétaires;
Où serai-je écouté?

— Que t'importe? Va donc! — La peine en est stérile! —
— Apprends qu'en la nature il n'est rien d'inutile!
L'oasis au désert

Peut paraître sans but à ton imprévoyance :
Le voyageur reprend sa force et l'espérance
Sous son feuillage vert !

O poète ! ton chant est l'oasis heureuse
Qu'ombragent le palmiste élégant et l'yeuse,
Le dattier verdoyant !
Des flammes du désert s'abritant, là, s'arrête,
Dans la course qui mène au tombeau du Prophète,
L'Africain vrai-croyant !

Chante, ô poète ! chante ! au soir comme à l'aurore !
Chante au levant vermeil, au ponant chante encore :
Quelque oreille entendra !
Obéis à la Muse ! Et, quand ton âme est pleine,
En vers tristes ou doux, dis ta joie ou ta peine :
Quelque écho répondra !

Paris, 1847.

A Victor Hugo.

—※—

That is the question.
SHAKESPEARE.

Que ton nom glorieux brille au front de mon livre,
Hugo! poète au cœur grand, à la bouche d'or,
Dont les doux chants d'amour font aimer et font vivre!
Comme un précoce aiglon tu pris ton jeune essor;
Ton aileron d'acier, à l'éternelle voûte,
T'enleva. Te traçant à toi-même ta route,
Tu bâtis ton domaine au plus haut de l'Ether.
Tel un noir cétacé, triomphant sous les ondes
De tout rival, choisit ses demeures profondes
Aux sombres gouffres de la mer!

Pour ton œil il n'est point de choses inconnues;
Les espaces partout ont vu ton vol altier,
Du vallon verdoyant aux montagnes chenues,
Du cèdre inébranlable au pliant peuplier;
Tu peux sonder le cœur de la vierge timide,
Et mesurer à toi l'altière pyramide.

Dans l'onde de tout fleuve ont trempé tes deux mains;
Tes genoux ont ployé dans toutes cathédrales;
Ton œil vit de tous cieux les splendeurs sidérales;
Tes pieds ont foulé tous chemins!

Ton nom est grand. — En toi, le poète a la gloire,
Et l'homme, amis, famille, enfants, prospérité!
Tu manges dans ta faim, dans ta soif tu peux boire;
Tu te chauffes l'hiver, tu t'ombrages l'été;
A des enfants qu'enivre une de tes caresses,
Ouvrant de larges bras, sur ton sein tu les presses;
D'une joie ineffable on sent ton cœur rempli,
Sur ton noble visage une lueur rayonne,
Inondant de clartés tout ce qui t'environne...
Mais sur ton front quel est ce pli?

Oh! quelle est sur ton front cette profonde ride?
— La main du temps n'a pu seule encor la creuser —
C'est quelque effort géant, quelque pensée aride,
Où tu vois ton génie infécond s'épuiser.
Tu débats en ton cœur la question suprême;
Ton âme doit parler, résoudre le problême
Qui va s'obscurcissant, dénouer le grand nœud,

Dire la grande énigme : homme où mène la vie?
Quelle route ici-bas doit-elle être suivie?
Qu'est le ciel? qu'est l'infernal feu?

Comme l'aigle en son vol qu'un plomb perfide arrête,
Pliant l'aile, vaincu, tombe du haut des airs,
La méditation te fait courber la tête,
Et ton grand front s'incline à ces pensers amers.
Lève ton front, poete, et cherche, cherche encore;
Du matin jusqu'au soir, du soir jusqu'à l'aurore!
—Notre espoir t'aidera; ton labeur nous est cher—
Oh! va, cherche la loi de cette vie humaine
De désirs infinis et de dégoûts si pleine....
Cette loi... Qui sait?... C'est chercher!

Paris, 1847.

A Mademoiselle ***

Sur quoi je fais des Vers.

—※—

Pour la seconde fois je parlais avec vous,
Et déjà l'entretien aux objets les plus doux
Se prenait. Un ami vous avait dit naguère
Que ce jeune homme fier, au front haut et sévère,
Qui, l'autre soir, tenant votre main dans sa main,
Du salon mille fois refaisait le chemin
Gravement, comme on danse aujourd'hui, ce jeune homme,
Que c'était un poète, un vrai poète comme
Sainte-Beuve ou Gautier, on le disait du moins.
Oubliant la Fortune, il ne donnait ses soins
Qu'à la Muse ; la Muse était sa seule idole.
Il n'aurait pas donné du veau d'or une obole.

Le son de l'or vaut-il la voix des doux zéphirs,
Et ses jaunes reflets l'éther et ses saphirs?
Que lui fait la fortune? Il a la Poésie!
Aussi quand il revint — entre toutes choisie —
Vous demander l'honneur de danser avec lui,
Il crut que dans votre œil un rayon avait lui.
Or — Un poète avec une femme jolie
De parler du beau temps a-t-il la fantaisie?
Ou bien du chaud qu'il fait dans ce bal étouffant?
Ou bien de ce lion à l'air si triomphant?
De la pièce nouvelle au théâtre jouée,
Sur un banc inconnu de l'Armide échouée?
Du grand shah de la Perse ou du bey de Tunis,
Ou bien d'Abd-el-Kader qui ne serait pas pris?....
Quoi qu'il soit du sujet dont leurs lèvres devisent,
Je gage en ce moment que leurs cœurs improvisent
Un roman dont le nœud est facile à trouver!
Car — sûr — ils en ont lus qui les ont fait rêver,
Et l'imitation est dans notre nature....

Mais pour arrêter là dans sa nomenclature
L'auteur qui chercherait peut-être encor longtemps,
Disons-lui donc, Fany, les sujets importants
Autour desquels roulait la douce causerie,

Pendant que vos doigts blancs froissaient la broderie
Des dentelles riant au coin du blanc mouchoir
Qu'ils laissent, négligents, parfois à vos pieds choir.

Moi — je m'inquiétais d'une charmante chose :
D'un papillon nacré, d'une fleur, d'une rose,
D'un sylphe aérien par zéphire oublié
Pendant qu'il croit l'avoir dans son aîle plié ;
D'une Eve qui répond au doux nom de Fanie
— Des œuvres du Très-Haut l'œuvre la plus finie —
Qui ferait de chaque homme un complaisant Adam,
S'il se perd avec elle, heureux, en se perdant !

Et vous — sur le poète avec persévérance
Rameniez le discours toujours de préférence.
Quand et comment la Muse aimait-elle à venir ?
Quelle était sa devise : Espoir ou Souvenir ?
Etait-elle exigeante ? Etait-elle jalouse ?
Aimait-elle courir sur la verte pelouse,
Ou bien se promener quand est venu le soir,
Que la bise gémit et que le ciel est noir,
Sous les murs pantelants des vieilles abbayes ?
Qui lui plaît, de la Nuit aux clameurs assoupies,
Ou du Jour éclatant de lumière et de bruit ?

Le soir qui mène l'ombre, ou l'aube qu'elle fuit?
Le soupir du ramier, le murmure de l'onde,
Ou bien la grande voix de l'Océan qui gronde?
Puis, cette Muse enfin — femme ou divinité —
Avait — on s'en doutait — de la légèreté!
Et, comment supporter les heures de marasme?
Et, comment rappeler le saint enthousiasme?...

Fany, vous doutiez-vous que vos charmants propos,
Un jour par moi redits enfleraient mes pipeaux,
Et que, butin d'abeille, un jour, chaque parole
Entrerait dans un vers comme en son alvéole?

A MON PÈRE!

—⁂—

Quand d'une muette caresse,
Ton œil humide et lumineux
Qu'inonde un rayon de tendresse
Nous enveloppait tous les deux,
Nous venions nous jeter, mon père,
Dans tes bras ; du destin prospère
Qu'en nous t'accordait le Seigneur,
Élevant au ciel ta prière,
Baissant à terre ta paupière,
Tu rendais grâce au fond du cœur.

Les mains sur nos deux têtes blondes,
Plus fier qu'un roi de ses palais,
De nos cheveux mêlant les ondes,
Qu'avec orgueil tu nous parlais!
Emile est vif, Ernest ést sombre,
Toujours méditant dans quelque ombre,
Eh! bien, vous serez, un beau jour,
Toi, sombre Ernest, dans le génie,
Et toi, cultivant l'harmonie,
Cadet! Tu seras troubadour!

Histrion, ou peintre , ou poète
A ton caractère joyeux,
Telle est la part d'avance faite;
Mais ce sont des métiers de gueux!
Je t'en dois prévenir d'avance.
Les arcanes de la science
Ernest, pour toi, d'après mon plan,
Se dévoileront sans mystère :
Je veux que par toute la terre
On parle d'un second Vauban!...

Le voile de la destinée,
Mon père, est bien épais; et nul,
Sur le cours seul d'une journée,
Ne fit jamais un sûr calcul.
Parmi les enfants d'Hypocrate,
Emile s'enrôle, et se flatte
Qu'il triomphera de la Mort!
Contre un âge anti-poétique,
Enfourchant un Pégase étique.
Je vole pour tenter le sort!

C'est moi! c'est moi, qui prends, mon père,
Cet infécond métier de gueux!
Je viens affronter la colère
De nos Zoïles vaniteux;
Je viens criant comme Evangile
Aux adorateurs de l'utile:
Aimer est la suprême loi!
Me faire dire chez les hommes:
Pour t'en croire, ami, nous ne sommes
Aussi niais ou fous que toi!

Mais un jour, un jour si j'arrive
Dans le prophétique vallon;
Si jamais je touche à la rive
Du fleuve où s'abreuve Apollon;
Assez fortuné pour leur plaire,
Si les Muses m'appelant frère,
Posent un laurier à mon front :
Poète qu'abreuva l'outrage,
Glorieux de ce pur suffrage,
Te souviendra-t-il d'un affront?

A MÉCÈNE.

Deus nobis ...

VIRGILIUS.

Partez! envolez-vous, mes tremblantes pensées!
Le nid vous est étroit, vos ailes sont poussées;
Sur votre jeune essor veille une déité!
Des replis de mon ame où je vous tins cachée
Longtemps avec amour, ô ma douce nichée,
Partez! partez! voici le jour de liberté!

Un Dieu pour vous a fait les destins si propices :
Pour vous il a comblé de fleurs les précipices;
Il a fondu la neige et chassé les hivers;
Il fait souffler Zéphire où régnait la froidure;
Les arbres ont repris leur manteau de verdure,
Et le soleil revient trôner sur l'univers!

Emissaires chéris, partez, ouvrez vos ailes!
Portez son nom divin aux cités éternelles,
Aux colonnes d'Alcide, aux déserts de Memnon!
Pour moi-même, ô mes vers, ne cherchez point la gloire;
Trop heureux si, par vous, des filles de Mémoire
Le sacré catalogue a retenu son nom!

ENVOI.

—

SONNET.

Oui! je vous reconnais des pouvoirs surhumains!
Pour en ensemencer mon triste champ de Prose,
Avec la Poésie emplissant vos deux mains,
Où la ronce croissait l'on voit germer la rose!

Epaississant l'ombrage aux bords de mes chemins,
Vous versez le sommeil à ma paupière close;
Du souci d'éclairer mes sombres lendemains
Occupant votre veille, à loisir je repose!

Vous avez du voyage assuré les relais;
Vous savez des sentiers qui, tournant les sommets,
Ouvrent devant mes pas la vallée ombragée!

Enfin, de vos bienfaits ma vie est surchargée!
Mais l'amitié rend doux et facile à porter
Le poids de ces bienfaits qu'on ne veut plus compter!

A MON AMI,

EDOUARD BERNARD.

Laissez-moi vous nommer ami, saint troubadour !
Ah ! n'est-on pas amis quand on a même amour !
Quand pour mêmes objets on a même tendresse !
Quand le chagrin de l'un est pour l'autre tristesse !
Quand les goûts du premier sont les vœux du second !
Quand la ride d'un front fait rider l'autre front !

Lorsque ainsi de deux cœurs s'entremêlent les flammes,
On est vraiment amis.... on a deux sœurs pour ames !

Sans être votre égal, je serai votre ami,
Vous êtes poète, eh ! je le suis à demi !
Si vous êtes marin, j'adore la marine !

Vous avez du courage ! Au fond de la poitrine
Je possède un viscère à peu près comme vous !
Vous avez cent talents ! Je ne les ai pas tous !
Mais, le charmant plaisir ! d'avoir même envergure !
Et d'être l'un de l'autre une simple doublure !...

Pour former un orchestre aux magiques accords,
Avec les violons il faut le son des cors,
Et le hautbois plaintif, et le violoncelle
D'où le gémissement comme une onde ruisselle,
Le criard octavin, et le bruyant chapeau,
Et des serpents tordus l'assourdissant troupeau....

A Marguerite.

—

Parfois cueillant ces fleurs qui portent ton doux nom,
J'interroge en tremblant les nombreuses spirales
De leurs blanches pétales;
Mais cet oracle, hélas! malgré son grand renom
Ment souvent! Je demande avec foi : M'aime-t-elle?
Pythonisse cruelle
La fleur me répondra tantôt oui, tantôt non!

Dis-moi donc, se peut-il, Marguerite charmante,
Tous ces tendres regards que dans ton grand œil noir
Je surpris, plein d'espoir,
Qu'une lâche inconstance un beau jour les démente?
Se peut-il que ta voix soit un écho trompeur
Qui ne vient point du cœur ?
Se peut-il qu'elle soit si douce.... et qu'elle mente!

A UNE JEUNE FILLE

ENTREVUE DANS UN BAL.

—※—

Dis-moi le nom de ton père, et
je te dirai le nom de cette fleur.
Poésie Arabe.

A quoi bon demander ton nom, ô jeune fille!

Ne sais-je pas l'éclat de l'étoile qui brille?
Du rosier embaumant ne sais-je pas l'odeur?
Ne sais-je pas le chant du bouvreuil qui babille?

Et n'es-tu pas pour moi comme l'astre.... splendeur!
Accords comme l'oiseau! Parfum comme la fleur!

A M. J.-C. TROCARD,

Qui publiait un recueil de Poésies.

—※—

Quittant ta retraite si douce,
Ton nid pendu sur un roseau
Qui pousse
Dans le lit du ruisseau ;

Ton ame, dans sa jeune extase,
Compte sur un ciel attiédi
Qu'embrase
Le soleil de Midi,

Et ta pauvre aile au vent se livre !...
Mais un jour les vents insolents
De givre
Viendront fouetter tes flancs !

Frère ! souviens-toi dans ta peine
Qu'il est dans notre obscur vallon
Un chêne
Plus fort que l'Aquilon !

A M. E. DE POYEN.

Je bénis l'amitié puissante et souveraine,
L'amitié protectrice ainsi que tu l'entends ;
Je la bénis trois fois sous l'emblême du chêne
Dont les rameaux touffus affrontent les Autans.

Je bénis ces doux vers où ton art qui s'amuse
A pris de la chanson l'aimable et simple tour.
Je sais dès-à-présent tout ce que vaut ta muse :
Il suffit d'un rayon pour deviner le jour !

Bordeaux, Février 1849.

A Mademoiselle B.

—※—

Vers écrits sur un Album.

—※—

Pour saluer les monts, l'aigle, du hauts des airs,
Sur ses ailes planant, s'arrête aux pics sauvages
Qui, le front dans les cieux, le talon dans les mers,
Domptent les flots brisés, et bravent les orages.

L'élégant papillon, se promenant au ciel
En charmant désœuvré qui ne sait plus que faire,
Si jusqu'à lui zéphir porte un parfum de miel,
Se souvient de la rose et revole au parterre.

Pourquoi donc? Oh! pourquoi, poète, quand tu vois
Passer en ton ciel noir un astre qui se lève,
Ton luth est-il muet, et ton gosier sans voix,
Pauvre Adam, qu'interdit le doux regard d'une Eve!

LE JEUNE MOURANT.

—✳—

J'apparus un jour......
GILBERT.

Et la lune glissant à travers le feuillage,
Brisait son doux rayon sur son pâle visage.
« Régulateur des flots, des saisons et des mois!
OEil géant de la nuit! ô lampe du grand temple
Toujours prête à briller, lune, je te contemple
Pour la dernière fois!

Air embaumé du soir! Parfum dont on s'enivre!
Bruits au lointain mourants que l'oreille aime à suivre!
Bosquets! Saules-pleureurs! Bouleaux! Lilas touffus!
Et vous qui protégez l'essaim des jeunes filles
De la chaleur du jour, indolentes charmilles!
Et vous, tapis moussus!

Et vous oiseaux chanteurs! Et toi ruisseau limpide
Qu'en ces lieux ombragés nul souffle impur ne ride,
Qui fécondes la terre, et réfléchis les cieux!
Toi petit ver-luisant, des champs perle vivante!
J'ai bu de tous mes jours la coupe décevante :
Je vous fais mes adieux! »

Et la lune glissant à travers le feuillage
Brisait son doux rayon sur son pâle visage.
« Des ans le doux fardeau ne m'a point fait plier :
Au matin de mes jours, déjà le soir arrive!
Repartir! Quand mon pied touche à peine à la rive!
O cruel batelier!

Le sentier fut bien court où tournoya ma vie!
Je n'ai goûté le fruit que pour garder l'envie!
Je n'ai contre les cieux bâti nulle Babel!
Je n'ai gravi nul pic, et tombe au précipice!
Il ne me reste plus nulle goutte au calice,
Hélas! même de fiel! »

Et la lune glissant à travers le feuillage
Brisait son doux rayon sur son pâle visage.

« Derrière moi vingt ans! devant, l'Eternité!....
Ici le bruit du monde et là-bas le silence!
L'un qui déjà s'éteint, et l'autre qui commence
Néant, ombre ou clarté! »

Ainsi parlait Edgar. A travers le feuillage
D'un doux rayon la Lune éclairait son visage.
Il s'assit épuisé sur un banc de gazon
— Ses mains l'avaient construit dans sa joyeuse enfance —
Un Rosier sur sa tête entr'ouvrait son bouton :
« Bouton que de la nuit le doux souffle balance,
L'aube t'éveillera, dit-il, reine des fleurs!
Ta beauté dure peu, belle Rose éphémère :
Tu perdras tes parfums, tes feuilles, tes couleurs
Avant que le soleil deux fois brûle la terre ;
D'un pur éclat pourtant tu brilleras encor
Qu'hélas! déjà mon âme aura pris son essor! »
Et la lune brillant à travers le feuillage
Brisait son doux rayon sur son pâle visage.

. . . .

. . . .

L'ombre, deux fois, du ciel avait chassé le jour,
L'oiseau chantait encor dans l'odorant bocage,

Mais d'autres sons tombaient du clocher du village :
Le lent glas de la mort couvrait les chants d'amour......

— Et la lune glissant à travers la feuillée
Brisait son doux rayon..... sur la Rose effeuillée !...

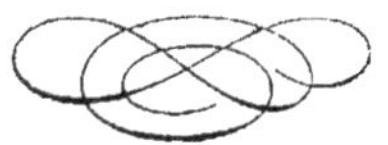

JOSEPH DELORME

A SA MÈRE.

—

Mon amante aux bras d'un époux
De moi ne s'est plus souvenue,
Et de ma folie inconnue
Ma mère se plaint à genoux.

POÉSIES DE JOSEPH DELORME.

Un jour, sur la causeuse, auprès de vous, ma mère,
Vous me fîtes asseoir, et d'une voix austère
Vous me dites — mon cœur garde ce souvenir —
L'âge, mon cher enfant, est bien prompt à venir ;
Je crois te voir encore aux bras de ta nourrice,
Et, jeune homme, tu vas t'élancer dans la lice!
Aussi les doigts du temps ont fait plisser mon front
— J'ai bu sans m'en douter la coupe jusqu'au fond —
Je vais bientôt aller au ciel trouver ton père,

Et te perdre ; bientôt.... tu n'auras plus de mère....
Mais, je ne veux, ami, t'entretenir de moi,
Ecoute les projets que j'ai fondés sur toi.

Près de moi, tu le sais, lorsque mourut ta tante
Je pris sa fille Emma, pauvre enfant, frêle plante,
Que j'ai mise à l'abri du soleil et du vent.
Je m'y suis attachée. Au point, que bien souvent,
Je me demande en vain qui de vous je préfère :
Et c'est bien naturel, je suis aussi sa mère.
Si tu l'aimais, mon fils ; si je pouvais compter,
Pour l'éternel départ avant de vous quitter,
Pouvoir joindre et bénir vos jeunes destinées,
Souriant l'une à l'autre et de fleurs couronnées ;
Laisser une compagne agréable à mon fils
En donnant à ma fille un époux de son prix,
Que votre mère, enfants, au moment redoutable
Vous ferait des adieux pleins d'amour ineffable,
Elle, qui va chercher un Dieu longtemps rêvé,
A vous, enfants, pour qui le bonheur est trouvé !

Vous me dites cela, puis autre chose encore !
Elle était bien sans dot, mais vos moissons que dore

Le généreux soleil chaque année au zénith
Fourniraient de la paille assez pour notre nid ;
Des grains pour notre faim. Dans vos forêts profondes
Nous aurions un abri ; dans vos ruisseaux des ondes,
Et nous pourrions choisir un buisson disposé
Pour bien nous garantir de l'oiseleur rusé.

A chaque point fini, vous faisiez une pause,
Ma mère, et je restais toujours la bouche close.
J'étais, vous écoutant, tout désorienté ;
Jamais mon cœur n'avait penché de ce côté ;
Vous me montriez, ma mère, une plage inconnue,
Tout ce que je voyais éblouissait ma vue ;
La foudre en éclatant m'aurait moins stupéfait,
Et comme un homme soûl mon esprit chancelait !

Aurais-je dû pourtant par un effort suprême
Rappelant mes esprits répondre à votre thême ?
Mon tort fut-il bien grand de n'oser pas parler ?...
Pourquoi l'aurais-je fait ? C'était vous désoler !
Qu'aurais-je pu vous dire : Emma ! Vraiment, ma mère,
Vous vous amusez là d'une vaine chimère !
Mais ce n'est qu'un enfant qui sort de pension !

Ah ! vous n'avez parlé que par dérision !
Pensez à lui donner m amère une poupée
Forte en taille, en couleurs et richement nippée ;
Un pantin qui lui soit docile compagnon,
Qu'elle puisse reprendre et quitter sans façon,
Mais un époux !...... Et puis, je suis bien jeune encore ;
Ma lèvre de duvet à peine se décore ;
Attendons ! Qui nous presse ? Il ne faut pas aller
Plus vite que le temps si prompt à s'écouler......
Enfin, vous le savez, je suis d'humeur sauvage,
J'aime la liberté. Le joug du mariage
Ne me convient pas plus que tous les autres jougs,
Et le vôtre est le seul qui me paraisse doux !

C'était répondre assez, que si longtemps me taire.
Et quoique au fond du cœur votre espoir solitaire
Continuât de vivre — et j'en étais bien sûr —
Vous n'avez jamais plus levé le voile obscur
Sous lequel vous pensiez à tous yeux le soustraire,
Et nul sur votre front n'épela ce mystère.

Pourtant — et malgré moi — souvent je repensai
A ce bonheur par vous pour ma vie esquissé.
Ce projet en effet était fort raisonnable :

Votre fils était riche et votre nièce aimable,
Et leur âge assorti ; vos vœux étaient comblés,
Vos labeurs couronnés, vos vieux ans consolés,
Votre destin rempli, la branche ramenée
Au tronc générateur par ce doux hyménée.
Et puis, la jeune Emma, de jour en jour, allait
S'embellissant ; parfois, si sa robe frôlait
En passant mon habit, l'étincelle électrique,
Ou l'attrait sur le fer de l'aimant magnétique
Eût été moins soudain. Je sentais tout mon sang
S'arrêter tout-à-coup, et bientôt frémissant,
A jets impétueux s'élancer aux artères.
Ces orageux élans étaient de doux mystères
Qui d'un rayon plus vif s'éclairaient chaque jour.
Le doute, en mon esprit, et l'espoir, tour à tour
Se succédaient. Enfin, dans un moment suprême,
La clarté m'aveugla ; je frémis, j'étais blême,
Je gémis, je tombai, ma mère, — je l'aimais !....

Riche de mon trésor, savourant ce doux mets
Qu'à peine j'ai saisi de mes lèvres avides,
J'errais seul, à l'écart, dans les sites arides,
Sur les chauves côteaux, ou dans les bois profonds,
Couchant sur des rochers, ou contre de vieux troncs.

J'étais seul avec Dieu, j'étais seul avec elle.
La nature jamais ne me parut si belle.
Le monde la portait, le Zéphir la baisait!
Ton regard, ô Soleil! sur elle se posait!
Etoile de Vénus, entre toutes brillante,
Pour elle, n'est-ce pas, ta lueur scintillante
Amollit ses clartés! Vous, nuages dorés,
Etalez vos couleurs pour ses yeux adorés!
Bruits du char vaporeux de la Déesse blonde,
Murmures éternels des forêts et de l'onde,
Doux parfums de la fleur, et doux chants de l'oiseau,
Voix du Ciel, de la Terre, et des vents, et du flot,
Qu'en un concert divin votre sacré langage
Apporte à mon amante un solennel hommage!
Car elle est comme vous rieuse, gais oiseaux,
Pure comme votre onde, insouciants ruisseaux,
Et blanche comme toi, comme toi belle et pâle,
Phœbé, dont le croissant ne vaut pas son ovale!

Mon rêve, il ne faisait que de naître, et voilà
Dès que je m'en revins, soudain qu'il s'exhala!
Du côté paternel, un oncle d'Amérique,
Débarqué fraîchement avec son fils unique,
Revendiquait Emma, lui donnait une dot,

Et de son fils, en sus, lui faisait le cadeau.
Déjà quand j'arrivai la chose était réglée,
Et vous seule, ô ma mère, aviez été troublée
De ce bonheur commun. Pourtant en me voyant
— Car tout au fond de l'âme, et d'un air souriant,
J'avais soigneusement enseveli ma honte,
De peur qu'à mon visage à s'étaler trop prompte,
Aux tourments de mon cœur, elle vînt ajouter
La navrante pitié, qu'il n'eût pu supporter —
Pourtant en me voyant gourmander la paresse
De chacun et de tous trop lents à l'allégresse,
Plaisanter ma cousine, exciter mon cousin
A bien apprécier le charme tout divin,
Le parfum odorant, l'élégance amolie
De cette fleur, par lui, dès son matin cueillie,
A me voir, à m'entendre, à mes éclats de voix,
Aux éclairs que mon œil, sur vous tous à la fois,
Lançait, on aurait dit, qu'à la plus folle joie,
Mon âme tout-à-coup s'était livrée en proie.

Aussi le crûtes-vous! Et l'hymen s'accomplit!
Sous le joug conjugal son front pur s'assouplit!
A la main de l'époux sa main fut enchaînée,
Pour un banquet nouveau sa tête couronnée!

Hélas! Le souvenir de ce fatal instant
Est toujours sous mes yeux, réel et palpitant: —
Au branle de la cloche; à l'éclat des lumières;
Au murmure pieux des noctures prières;
Aux sourds gémissements de la pluie et des vents;
Aux grands tressaillements des fantômes mouvants,
Crayonnés sur les murs par la lumière et l'ombre,
Dans le chœur, dans la nef, et dans la voûte sombre, —
Qu'il les avait unis, un prêtre s'exclama:
J'étais là, j'entendis...... Et je maudis Emma!

Ne le saviez-vous pas? Voilà! voilà, ma mère,
D'un éternel ennui la source trop amère!

Le Papillon.

Papillon voltigeant des acacias aux roses,
Du lys à l'oranger, tu t'envoles, te poses,
Pour t'envoler encor!
La mobile espérance, en toi, trouve une image:
Doré, comme ton aile, est son brillant présage,
Comme le tien, rapide, est son joyeux essor!

Mais, dès qu'on t'a saisi, tes couleurs disparaissent;
Les doigts, les plus légers, aussitôt qu'ils te pressent,
T'enlèvent ta beauté!
Ainsi, quand l'homme touche au but de l'espérance,
Il croit à son bonheur.... Et maudit sa démence,
A l'aspect du néant qu'il a tant souhaité!

ROUCOULEMENTS.

—※—

Il est, dans le manoir, une vieille tourelle ;
Il est, dans la tourelle, un nid de tourterelle
A faire envie à l'oiseleur,
Artistement posé du côté des grands Ormes,
Dont les gazons fleuris couvrent les pieds difformes,
Et dont les branches sont en fleur.

La nichée, au matin, en roucoulant se lève,
S'envole en roucoulant, et, quand le jour s'achève,
Au nid revient en roucoulant !
Que ne suis-je ramier, et que n'ai-je des aîles,
Pour voler près de vous, petites tourterelles,
Et roucouler comme un galant !

Château de Jonqueyre, 1849.

Le Jour et la Nuit.

—⁂—

Qui lutte, dans le temple, avec l'éclat des cierges?
Qui chasse un voyageur des banales auberges?
Et qui maudissez-vous si vous rêviez, mes vierges,
D'amour?
Qui fait chanter ce coq à l'orgueilleuse crête?
Qui, de ces monts géants, viendra dorer le faîte?
Qui, du hameau voisin, commencera la fête?....
Le jour!

Qui, parfois, rend craintif d'entre tous le plus brave?
A son labeur jaloux, prend un moment l'esclave?
Et plaît au méchant vil qui mord et dont la bave
Salit?
Qui fait, qu'à son coursier, l'Arabe ôte la selle?
Que rameurs à la rive amarrent leur nacelle?
Et que Phœbé sur nous de ses clartés ruisselle?....
La nuit!

SONNETS.

—※—

Le Printemps.

—

Age de la candeur, insouciante enfance,
Vous qui savez mêler les larmes et les jeux,
Vous, enfants, vous vivez, hélas! et l'homme pense!
Oh! n'enviez jamais son destin orgueilleux!

Rieuse comme vous, quand le printemps commence,
Est la jeune nature; au grabat ténébreux
De l'hiver s'arrachant, joyeuse elle s'élance
Au-devant du soleil, son roi majestueux.

Hélas! hélas! enfants, sous le poids des pensées
Aux creux de vos cervaux lentement amassées,
Vous sentirez un jour s'incliner votre front!

Ainsi, lorsque viendra la languissante automne,
Sous le faix précieux des doux fruits qu'elle donne,
Les rameaux printaniers vers la terre ploiront!

—

L'Été.

—※—

O soleil! Roi géant de la voûte éthérée!
Conquérant orgueilleux! Grand sultan de l'été!
Quand, de désirs brûlants la nature altérée,
Tressaille à tout baiser que ta lèvre a jeté,

Noble soleil! du haut du sublime empyrée,
Émo par ses ardeurs, ému par sa beauté,
A cette folle esclave en son rut torturée,
Tu viens offrir le don de ta fécondité!

Va, beau fiancé! vole à ces noces cruelles!
L'amour des immortels est fatal aux mortelles,
Et nulle ne survit à de pareils hymens.

Ton toucher, ô Phœbus, va brûler la Nature!
Les passions, ainsi, dévastent l'âme impure,
Qui cherche aux voluptés de criminels chemins.

—

L'Automne.

—✱—

Soleil! Pourquoi sitôt nous voiles-tu ta face!
Ah! sur nos bois jaunis, aux toits de nos maisons,
Laisse un moment encor ton rayon qui s'efface, —
Avant de t'incliner aux brumeux horizons!

Mais non! — Que de son cours il poursuive la trace! —
Car la terre a réglé sur ses pas les saisons,
Et si la pâle Automne au sombre hiver fait place,
Après lui le Printemps nous rendra les gazons!

Mortel, ne tourne pas les yeux avec détresse
Vers tes âges passés, si ta triste vieillesse,
Fatalement déjà, penche vers le tombeau!

Que plutôt ton regard dédaigneux de la terre,
Pénétrant de la mort le douloureux mytère,
Songe au destin qu'un Dieu te prépare là-haut!

—

L'Hiver.

Le hardi nautonnier qui tente un long voyage,
Et remet sa fortune au gré du flot mouvant,
Doit s'arrêter, parfois, pour réparer l'outrage
Qu'à ses flancs ont porté les ondes et le vent.

L'homme, qui du néant sortit, comme un nuage
A l'horizon chassé par le soleil levant,
Avant qu'il ait vécu tous les jours de son âge,
Au doux port du sommeil s'attarde bien souvent.

Et Dieu lui-même, après qu'il eût créé le monde
— Se reposa — voulant que cette loi féconde
Présidât aux destins du naissant univers !

Ainsi, mère éternelle, admirable nature,
Comme un habit gênant dépouillant ta verdure,
Tu cherches ton repos dans le froid des hivers !

—

FIEL ET MIEL.

SONNETS.

I.

Gloire à celui qui vit loin des méchants humains,
Qui n'eut jamais d'enfants, de parents, de famille,
Qui n'attend rien des jours, et rien des lendemains :
— La sagesse est sa mère, et la paix est sa fille! —

Et la déception fuira de ses chemins :
Car il voit l'esprit faux sous un front pur qui brille;
La haine dans deux cœurs quand se serrent deux mains;
Le germe mort dans l'œuf à travers la coquille!

A se passer de l'homme il applique ses soins;
A ce qu'il peut lui-même il borne ses besoins;
Il ne veut de secours que les tiens — ô nature!

Ses yeux ont pour flambeau l'éblouissant soleil;
D'un fruit sa faim s'apaise; il a dans son sommeil
La terre pour grabat — et le ciel pour toiture!

II.

Paix à celui qui vit aimant — étant aimé —
Aux sourires des siens cueillant son allégresse,
Et pour tarir leurs pleurs ; — leur prenant leur tristesse :
Contre tous les assauts son bonheur est armé !

Car — s'il est grand — l'envie aura bien écumé
A mordre de sa dent la sainte forteresse,
Mais l'amour est plus fort, et l'ardente tigresse
Rentrera sans la proie à son antre affamé !

Ce qui le fait heureux, — ce n'est pas d'un vain monde
Les appaudissements ; le bruit dont il l'inonde
Quand il pose les doigts sur son luth triomphant....

Mais dans l'âtre, le soir, une plus vive flamme ;
Un rayon plus serein aux yeux bleus de sa femme ;
Un mot nouveau qu'a dit ce matin leur enfant !....

LA FEMME.

A Madame A....., patronesse de l'œuvre des Crèches.

Benedicta tu !
(*Angelus domini.*)

I.

Lorsque le Tout-Puissant eut enfanté le monde,
Et peuplé d'habitants les cieux, la terre et l'onde,
Et donné pour roi l'homme à tous les animaux,
Regardant sa grande œuvre, et la trouvant parfaite,
Il loua sa sagesse, et, dit le saint Prophète,
Rentra dans son repos.

Tout n'était pas fini pourtant...... Dans sa pensée
Il poursuivait encore une image tracée,
Sacré, sublime effort de l'ouvrier divin !
Enfant dernier venu de sa vieille sagesse,
Il veut, de tous les dons de sa haute largesse,
Combler ce Benjamin.

Pour façonner cet Être, où, par un saint mélange,
La nature de l'homme et l'essence de l'ange
S'uniront pour créer un produit virginal,
Il enveloppe Adam des voiles d'un doux somme,
Et tire en palpitant des flancs du premier homme
Son chef-d'œuvre idéal.

O femme! tu naquis! tu naquis! A ta vue
Chaque fleur s'étonna d'une fleur imprévue ;
La rose te sourit dans le sacré jardin ;
L'éther t'enveloppa de sa plus douce étreinte,
Et tu vis ton image amoureusement peinte
Dans tous les lacs d'Eden !

Et l'homme s'éveillant, pense voir d'un beau songe
Se dérouler encor le gracieux mensonge;
Emerveillé d'abord, et bientôt curieux,
Vers l'idéal objet son bras dessine un geste......
Mais il craint au toucher que la forme céleste
Ne s'en retourne aux cieux!

II.

L'homme te prit! tu fus dès-lors chose conquise!
A ses désirs brutaux tu fus la proie acquise!
Il étendit la main, et la posant sur toi,
Te marqua de son sceau comme un troupeau de bêtes,
Te gardant sagement pour le jour de ses fêtes,
Et se dit : c'est à moi!

—C'est à toi! c'est à toi! comme leur proie aux dogues,
Et le repos d'un peuple aux tribuns démagogues,

Et les cadavres froids aux becs des noirs corbeaux!
Comme au cruel vautour la timide colombe,
La rose au ver rongeur, le navire à la trombe,
Et toi-même aux tombeaux!

C'est à toi! c'est à toi! c'est à toi!.... Du blasphême
Le Dieu vengeur n'a pas dans sa fureur suprême
Sur ta lèvre arrêté l'essor audacieux!
Ah! c'est à toi! malheur!.... Mais oubliant sa foudre,
Le créateur n'a pas rejeté dans la poudre
Le limon orgueilleux!

Le Seigneur fut muet..... car la douce victime
A son sort résignée invoquait pour le crime
Ce Dieu clément par elle ici-bas réflété;
C'est qu'Alcyon chantant au bruit de la tempête,
L'oreiller de douleur était doux à sa tête,
Et souffrir, volupté!

—

III.

La femme écrase le reptile
Qui dévoyant le genre humain,
A l'appas d'un savoir futile,
L'égarait au fatal chemin.
Levez les yeux! voyez l'étoile!
Qu'à ses clartés l'antique voile
S'arrache de vos yeux déçus!
Un Dieu s'est fait homme, ô mystère!
Et par un divin ministère,
Une Vierge enfanta Jésus!

C'est la femme qu'en sa tendresse
Prend pour mère le Dieu naissant!
La femme est la grande-prêtresse
En qui le Dieu vivant descend!
Ici, Pytonisse sacrée!

Là Druidesse révérée
Donnant aux sages des avis !
Des Chevaliers ici la dame!
Et là, gardienne de la flamme
Dans les redoutables parvis!

Comme la prière boiteuse,
Des guerriers suivant chaque pas,
Apparaissait douce et rieuse
A ceux que frappait le trépas,
De l'homme suivant chaque trace,
La femme force à dire : grâce!
Tout ce qui s'écriait : malheur!
Et soufflant le mot, indulgence,
Aux lieux où passa la vengeance,
Promet un avenir meilleur!

En dépit du savant austère,
Elle dit que tous dans leur faim

Des biens que prodigue la terre
Doivent avoir au moins du pain!
Que Dieu des hommes est le père!
Que du grand nombre la misère
Est un crime pour les heureux!
Que le jour où les hommes meurent,
Seuls, devant le juge ils demeurent,
Que leurs bienfaits parlent pour eux!

Sur les vertus dont ils se fardent
Pour voiler le fond de leur cœur,
Que de se fonder ils se gardent;
Qu'on ne trompe pas le Seigneur!
Que son œil est plein de lumière,
Et qu'il trouve de la poussière
Aux cœurs les plus immaculés!
Que son regard poursuit tout crime,
Qu'il s'étale sur une cime,
Qu'il se cache aux lieux reculés!

—

IV.

A cette voix les méchants tremblent,
Le méchant fut toujours peureux,
Et les mauvais riches s'assemblent
Pour secourir les malheureux.
Pour remplacer Vincent de Paule,
Portant sa pièce ou son obole,
A l'œuvre chacun veut sa part;
Chacun veut être charitable,
Afin qu'au moment redoutable
De l'irrémissible départ,

Devant le juge on se présente
Enveloppé de charité,
Et qu'à ce baume pur Dieu sente
Que votre âme a bien mérité.
Dans la nudité de sa crèche,

Du divin enfant qui nous prêche,
Reconnaissant l'enseignement,
Nous voulons que la mère sache
Lorsque de ses bras elle arrache
Son enfant — sacré dévoûment!

Qu'elle sache en un saint asile
Que cet enfant est conservé
Pendant qu'au loin la faim l'exile,
Qu'au soir il sera retrouvé!
Qu'on l'allaita d'une mamelle
D'où le lait en jets purs ruisselle,
Que le jour sans mal s'est passé!
Qu'au temps de sa cruelle absence
Il n'a pas enduré souffrance,
Quand il criait qu'on l'a bercé!

V.

Femme! puissance tutélaire
Faite pour habiter les cieux,

Et qui, pour protéger la terre,
Es exilée en ces bas lieux!
Oh! ta mission est égale,
Grande Eve échevelée et pâle!
A celle du pur Séraphin
Qui dans le tabernacle auguste,
Et face à face avec le Juste,
Soupire un cantique sans fin!

Sublime brebis émissaire,
Qui, prenant nos habits tachés,
Par nous poussée à ton calvaire,
Fléchis au poids de nos péchés!
Au flanc de qui la lance plonge,
Qui reçois le fiel et l'éponge,
Et mourant vis encor d'amour,
O femme! à jamais sois bénie!
Que ta mémoire ici ternie
Resplendisse au divin séjour!

Ballades Créoles.

—※—

LE COMMENCEMENT DU JOUR.

—

Le voile du matin..... se déploie.
VICTOR HUGO.

En nudité, la Nuit craignant d'être surprise,
Sur ses chastes beautés jette une vapeur grise.

Devançons ce matin le moment du réveil,
Frère, viens contempler, du sommet de ces buttes,
Des ombres et du jour les fantastiques luttes :
Le soleil va riant poindre du flot vermeil,
Et la cloche chassant les nègres de leur case,

Vois dans l'ombre passer tout ce noir atelier....
Vois flotter ce nuage au ciel, — mouvante gaze.....
Vois cet autre qui pend, — monumental pilier....

En nudité, la Nuit craignant d'être surprise,
Sur ses chastes beautés jette une vapeur grise.

Vois-tu bien s'approcher ces deux camps ennemis,
Quel acharné combat ! Quel horrible carnage !
Eh ! quoi? tout fuit... Je vois encor debout... un Page !
Oh ! regarde là-bas deux Lions endormis!....
Mais tout s'efface, hélas ! Le Ciel reprend sa robe...
Nuages éclatants de feu, d'or, de saphir,
Adieu ! dispersez-vous ! Oh ! partez, voici l'aube !
Demain vous reviendrez sur l'aile du zéphir !

En nudité, la Nuit craignant d'être surprise,
Sur ses chastes beautés jette une vapeur grise...

LE MILIEU DU JOUR.

—

Contre le roc qui l'emprisonne,
Sur le fin gravier qui résonne,
Le courant bat plus mollement;
Plus sourd est le plaintif murmure
Que sur le sable l'onde pure
Jette comme un gémissement!

Déjà le sablier a versé tout son sable;
De son char flamboyant le soleil implacable
Lance d'aplomb ses dards.
Le peuple des vivants s'enfuit de la savane;
Seul, dans la mer de feu, s'étale l'Igouane,
Roi géant des lézards!

Sur son lit de gravier, l'onde plus lente coule,
Et le courant des flots paresseusement roule
Des feuilles et des fleurs;
Sur les humides bords où croît la Pomme-rose,
Elle penche au courant sa tête, et tout bas cause
Avec les flots jaseurs.

La Canne dans les champs recourbe son panache;
Dans le sombre verger l'oiseau-de-feu se cache
Aux bras du Bananier ;
Seule à ce ciel brûlant sourit la Sensitive,
Et la colombe même, amoureuse et plaintive,
Se taît au pigeonnier.

La verte Libellule, aux ondes qu'elle rase,
D'un léger mouvement de ses ailes de gaze
Fait jaillir un éclair ;
Et partout où murmure un filet d'onde vive,
Le Héron fait le guet sur les rocs de la rive,
L'œil fixe, un pied en l'air!

Allons dans le courant de l'onde,
Frère, tous les deux nous plonger ;
Viens sans crainte, je sais nager
Même dans l'eau la plus profonde!
Oh viens! pour nous rassasier,
Portons dans ces larges corbeilles,
Avec des Grenades vermeilles,
Les fruits pourprés du Cerisier.

Contre le roc qui l'emprisonne,
Sur le fin gravier qui résonne,
Le courant bat plus mollement!
Plus sourd est le plaintif murmure
Que sur le sable l'onde pure
Jette comme un gémissement!

⁂

LA FIN DU JOUR.

—

L'astre-roi se couchait......
VICTOR HUGO.

Viens! la lune répand sa lueur diaphane,
O mon doux frère, viens jouer dans la savane!

La savane n'est plus comme un brasier ardent;
Vois là-bas qui se couche, au lit mouvant de l'onde,
Le Soleil fatigué de son trajet d'un monde!

L'orage, par les vents chassé, fuit en grondant;
Sur le Palmiste altier s'est endormi le Merle,
Et la feuille se ferme aux bras du Tamarin;
Vois déjà sur les fleurs briller, comme une perle,
La goutte du serein!

Viens! la Lune répand sa lueur diaphane,
O mon doux frère, viens jouer dans la savane!

L'esclave a suspendu son pénible travail,
Et la cloche du soir a sonné la prière ;
Le vent frais de la nuit court du mont Soufrière,
De la côte brûlante éternel éventail!
Dans son nid de coton, la douce tourterelle
A cessé de gémir ; dans son terrier blotti,
Las des longues terreurs d'une chasse cruelle,
Dort le fauve Agouti!

Viens! la lune répand sa lueur diaphane,
O mon doux frère, viens jouer dans la savane!

DIX-HUIT NOVEMBRE.

—※—

Calme-toi, calme-toi, mon sang, mon jeune sang!
Vingt-cinq ans! vingt-cinq ans! — Déjà le quart de cent! —
Vingt-cinq ans!... Tant encore, et voilà la vieillesse!
Tant encore, et voilà la stupide sagesse
Sur mon crâne épaissi remplaçant les cheveux,
Me faisant radoteur, sermoneur de neveux!
La sagesse — importante, orgeuilleuse et sans tache —
Sagesse — cul-de-jatte et qui tousse et qui crache —
La sagesse — cadavre en sa fosse jeté —
— Masque pur au front chauve arrogamment porté —
Sagesse de vieillard, impuissance hypocrite,
Qui ne peut plus rien faire, et s'en fait un mérite!

Y serais-je sitôt? — J'ai vécu bien de temps :
Vingt-cinq hivers, vingt-cinq étés, vingt-cinq printemps,
Vingt-cinq automnes! Puis?... et puis, quoi?... je l'ignore!
Ma jeunesse envolée! un brillant météore

Du firmament de vie à jamais disparu !
Coursier au fort jarret, il a, ma foi, couru
Noblement, et gagné le bout de la carrière
Que les autres étaient encor bien loin derrière !
A cet âge où je suis, combien sont des enfants,
Pour un hochet nouveau gravement triomphants
— Qu'ils vont briser tantôt ! — Ineptie — Ineptie —
Pourquoi suis-je vieux, moi? Pourquoi plein d'inertie !
Le bâton de paresse est-il vraiment sans bout,
Qu'on le trouve partout, et qu'il vous barre tout?
Si je voulais pourtant !... Si je veux, que ne puis-je?
— Au penser d'un projet mon pauvre sang se fige.....

Aller, et contre tous se heurter, se froisser ;
Caresser celui-ci, celui-là menacer ;
Courber devant cet autre une flexible échine ;
Changer pour tout venant son visage et sa mine ;
Près des inférieurs, faire le tout-puissant,
Près des supérieurs se faire obéissant ;
Au devant du cafard, louer la cafardise,
Et devant les paillards, chanter la paillardise ;
Faire maigre deux jours aux festins des dévots ;
Se friser la moustache avec les lionçeaux ;
Louer Dieu devant Dieu, pour dire pis que pendre
Quand les talons tournés il ne peut plus entendre ,

Pourtant, d'être si pleutre au fond se mépriser,
— Avant que tout-à-fait on ait pu se blaser —
Reconnaître qu'après on ne sera plus digne
D'embrasser un enfant, de caresser un cygne,
Et qu'on se sentira des tenailles au cœur
Lorsque l'on parviendra, lorsqu'on sera vainqueur,
Qu'on aimerait jouir de sa haute conquête,
Et, le labeur fini, se livrer à la fête!

Prends au loin ta volée, Espoir évanoui!
Je repousse de moi ce martyre inouï!
A mes débiles reins cette croix est trop forte
Pour que jusques au bout sans faiblir je la porte!

.... Donc, ne vaut-il pas mieux ne rien tenter du tout,
Et rester où l'on est, assis ou bien debout,
Dans son fauteuil Voltaire, ou, le nez dans la lune,
Faisant le pied de grue en attendant sa brune?

A Victor Hugo.

—※—

Le sublime cœur des poëtes est avec moi.
VICTOR HUGO.

Le jeune an qui s'avance, et le vieux qui s'en va,
Se heurtèrent tantôt lorsque minuit sonna ;
A l'Orient blanchi le jour nouveau va naître :
Ma pensée est à toi le premier, ô mon maître !
Mon salut matinal et mon salut annal
Daigne leur faire, ô maître, un accueil amical.

Ont passé huit saisons, de soleil et de givre,
Depuis que je plaçai mon honneur à te suivre ;
Et tu m'as rendu doux ce labeur accompli,
Car à ma voix, déjà, ta voix par quelque pli
Deux fois a répondu. Merci ! Merci, poëte !
Tes lettres en mon cœur font une telle fête !

Je pense avec orgueil qu'il faut bien que je sois
Quelque peu lumineux puisque tu m'aperçois!
Et puis, de tout, de rien, dans ce grave commerce,
Pour l'attentif disciple un enseignement perce.
Jadis tu m'écrivais de la Chambre des Pairs,
— Pacifique Océan sans foudre et sans éclairs, —
Et naguère c'était du sein de l'Assemblée,
Cette mer chaque jour que l'orage a troublée.
Ainsi, ton enveloppe — un carré de papier
Que la main d'un enfant couvrirait tout entier —
Dit de la Royauté la chute inattendue,
Et dit la Liberté par Février rendue......

La terre a dans son orbe eu le temps de tourner,
Avant que de mon vers j'ose t'importuner;
D'un œil qui s'éblouit parfois à ta lumière,
Je te suis cependant dans ta haute carrière.
Et tu vas comme vont les grands cœurs, devant toi!
Le pied dans ton chemin; sans orgueil, sans émoi,
Tu marches vers le but. S'il est lointain, qu'importe?
Il faut — c'est le destin — que l'homme si loin porte
Son désir, qu'il n'y puisse atteindre avec le bras.
C'est notre sort à tous, tu ne l'ignores pas.
Mais tu vas, solitaire à travers la cohue,
Avançant, toi, pendant qu'en place elle remue!

Aussi la jeune France à te suivre des yeux
Attentive, parfois applaudit jusqu'aux cieux.
C'est lorsqu'après avoir disparu dans la foule
— Océan inquiet que tourmente la houle —
On te voit tout-à-coup, loin, bien loin en avant,
Comme à travers les flots quelque plongeur savant,
Surgir, d'un front serein dominant tout obstacle!

Maître! redonne-nous souvent ce grand spectacle!
Vers l'éternel Soleil suis ton vol glorieux!
Qu'importe à toi là-haut, s'il est, dans les bas-lieux,
De ténébreux Hibous, au jour n'osant paraître,
Qui hurlent que l'Aiglon aux oiseaux est un traître!

Bordeaux, 1er Janvier 1850.

SONNETS.

Les Nuits venteuses d'Hiver.

Il est d'obscures nuits où les vents déchaînés
Semblent, en se heurtant, se disputer l'espace ;
C'est quand la pâle automne aux hivers a fait place,
Et qu'aux frimats déjà les champs sont condamnés.

Alors, vous entendez — et vous en frisonnez —
De sourds gémissements comme un râle qui passe ;
Ou de longs hurlements comme en un jour de chasse ;
Des soupirs déchirants, des mots désordonnés !

En hâte, du foyer vous ravivez la flamme,
Pensant que sa lueur chassera de votre âme
L'effroi, comme un reptile, en lieu sombre établi !

— Auriez-vous reconnu les sanglots, les reproches
De ceux qui ne sont plus, des amis et des proches
Se plaignant que la tombe ait enfanté l'oubli ?

Château de Jonqueyre, décembre 1848.

REGRETS.

O Jeunesse! O Printemps! Tu n'es plus! tu n'es plus!
Le Sort trop tôt, hélas! de sa cruelle plume
Imprima le mot *Fin* au bas des feuillets lus:
Il faut de ton Roman fermer le doux volume!

Le Ciel, l'onde, les bois; du soir les bruits confus
Dans le lointain mourants; le Lilas qui parfume
Le silence des Nuits de ses dômes touffus,
Et dans le vallon creux un pauvre toit qui fume;

Sur l'arbre de Daphné, Bulbul vocalisant,
Quand dans la mousse, au pied, rayonne un ver luisant;
Ajoutez le saint nom de la Personne aimée,

Innocent Oiseleur qui me prit dans ses rets.....
Et mon cœur n'est puissant qu'à former des Regrets!
— Tel un Charbon éteint ne rend plus que Fumée!

18 Novembre 1848.

L'HEURE DE LA RÊVERIE.

—※—

Aux Zéphirs maraudeurs les Fleurs de la vallée,
Alors que le soleil se couchait dans les eaux,
Ont livré follement leur senteur emmiélée
Dont ils vont parfumant le lac et les coteaux.

La Solitude au loin d'aucun bruit n'est troublée;
Le Sommeil aux humains dispense ses pavots;
La Nuit a revêtu sa robe constellée,
La barque mollement se berce sur les flots. —

Que le cœur du Poète, à ces heures choisies,
Contemple avec amour les vagues Poésies,
Qui s'en vont par les airs traçant leur bleu sillon :

Celle-ci folâtrant dans la Lune argentée,
Celle-là qui ricane aux flancs noirs du vallon,
Cette autre par la Brise à demi-voix notée!

Bassin d'Arcachon, août 1848.

A UN ENVIEUX.

O toi! qu'on vit tisser tes lourdes calomnies
Sur mon nom, quand de terre il tentait son essor,
Pour luire au ciel de l'art entre les grands génies,
Pensais-tu l'enchaîner sous ton perfide effort?

Vainement! Et l'insecte aux couleurs rajeunies
S'élançait dans l'azur avec des ailes d'or!
A lui l'apothéose! A toi les gémonies!
S'il veut pourtant de toi se souvenir encor!

Car il faut, un matin, qu'il pèse dans sa tête
Ce qui sied en sa gloire à l'âme du Poète:
Dans l'ombre dédaigner un Thersite éhonté,

Ou, pour le châtier, usant de représaille,
Clouer ton pauvre nom — dont tout passant se raille —
Au pilori vengeur de la Postérité!

A EUGÈNE.

Depuis qu'avec son ami de Coutance,
Eugène fit voyage au Panthéon,
Il fait, malgré la rime et la raison,
Il fait, refait sonnets à toute outrance.

Il les débite avec grande assurance,
Et devant nous se pose en Apollon :
Son vers coupé peut-il n'être pas bon ?
Un vers coupé marque beaucoup d'aisance !

Mais, dans la chute, il est surtout vainqueur !
Et ce mérite, il l'a si fort à cœur,
Qu'il n'entend pas là-dessus qu'on discute !

En gravissant au dôme de Soufflot,
Je crois, vrai Dieu, qu'il ne montait si haut
Que pour apprendre à mieux faire une chute !

Paris, 1847

LE POÈTE INCONNU.

Il a vingt ans, voyez, il passe,
Sans rien regarder, sans rien voir ;
Le pied lent et la tête basse ;
Un fort sourcil sur son œil noir.

Il va, poursuivant à la trace
Quelque grande œuvre à concevoir.
Les passants voyant cette face
Si pâle dans l'ombre du soir,

Se disent, secouant la tête :
« Apparemment c'est un poète ! »
Et, se retournant, souriront !.....

Un jour, adorant sa parole,
Ils crieront que de l'Auréole
Ils ont vu l'aube sur son front !

Les heures du jour ont coulé,
Celles de la nuit sont venues :
Du haut des montagnes chenues
La brise du soir a soufflé.

Déjà, le Laboureur sommeille,
Réparant les sueurs du jour,
Et le Bocage, aux chants d'amour
Du Rossignol plaintif, s'éveille.

Je te salue, ô douce Nuit !
Comme toi, mon amante est brune
Son visage, comme la Lune
Qui dans ton limpide azur luit,

Est pâle ; son âme est sereine ;
Son œil profond a des rayons

Qui font resplendir des haillons,
Rien qu'à les effleurer à peine!

O Nuit! Être mystérieux!
Reine de toute l'étendue!
Entre terre et ciel suspendue,
Est-tu de la Terre ou des Cieux?

Et vous, mon amante, être étrange,
Votre corps est-il de limon?
Faut-il vous donner notre nom,
O Femme! Ou n'êtes-vous qu'un Ange?

Ah! l'Orient s'épanouit!
O Nuit! Je vais aidé par l'aube
Soulever un pan de ta robe....
Mais quoi?... la Nuit s'évanouit!!...

O Ciel! Quand sur celle que j'aime,
Vainqueur, j'aurai porté la main,
L'amour, hélas! fantôme vain,
Doit-il s'évanouir de même?

A TOI.

—※—

Ah! pour consulter le destin
Sur le rêve obscur qui t'agite,
Lorsque soucieuse au matin
Tu cours cueillir la Marguerite,

D'un Sylphe ou d'un Lutin léger
Si j'avais le pouvoir magique,
Quand tu trembles d'interroger
Sur le pétale fatidique,

D'un coup d'aile m'y blottissant,
Je pourrais, au moment suprême,
Te répondre tout frémissant
De bonheur et d'amour : Je t'aime!...

Sur l'épineux Rosier, lorsque, d'un doigt tremblant,
Tu cueilles, souriante au soleil qui la dore,
La fleur — bouton d'hier que la nuit fit éclore, —
Et que ta blanche main inhume en ton sein blanc,

J'irais, de tes beaux doigts écartant chaque épine,
Me glisser dans la Rose, et franchir le doux seuil
De la tombe où l'on a, pour suaire au cercueil,
Et ta peau blanche et fine, et ta batiste fine!

Du papillon prenant les aîles de saphir,
J'irais entre tes doigts chercher la mort sans crainte,
Et si ton cœur cruel restait sourd à ma plainte,
Tes tendres mains du moins me sentiraient souffrir!

Exegi Monumentum.

—✻—

Sur le chemin qui mène à la postérité,
Un mortel ignoré, d'une feuille fragile,
Du jus noir d'une graine, et d'une plume vile
Elève un monument pour l'immortalité !

Un peuple d'ouvriers, ni de chaux ni de sable,
Pour ses murs colossaux ne pétrit le ciment ;
Mais en chantant, moi seul, j'ai fait mon monument,
Et plus que bronze ou marbre il reste impérissable !

Abandonnant l'Europe, un jour les nations
Peuvent aller s'asseoir aux grasses Amériques ;
Peuvent tomber les rois, surgir les républiques,
Mais mon œuvre se rit des révolutions !

Non ! vous ne craindrez pas les fureurs de Borée,
Ni l'effort de Zéphir, ni l'assaut des Autans,
Ni l'affront des hivers, ni les combats du Temps ;
Mes vers, vous durerez autant que la durée !

Sonnet-Epilogue.

De tous côtés, tantôt devant, tantôt derrière,
A droite, à gauche, ayant porté ses pas,
Ma Muse arrive au bout de la carrière,
Traînant le pied, bien fatiguée, hélas!

La pauvre Muse! Alerte aventurière,
Elle a volé de la Rose aux Lilas;
Elle a passé parfois du cimetière
A l'orgie. Oh! ne la gourmandez pas!

Elle a chanté le Soleil et la Lune ;
L'oiseau , la brise , et la blonde et la brune ,
Et déjà même elle a dit l'*Exegi* !

Sur ces feuillets , couchée , elle repose.
Passants ! O vous que tromperait sa pose
Gardez de dire : Une Muse ici gît !

TABLE.

FIN DE LA TABLE.

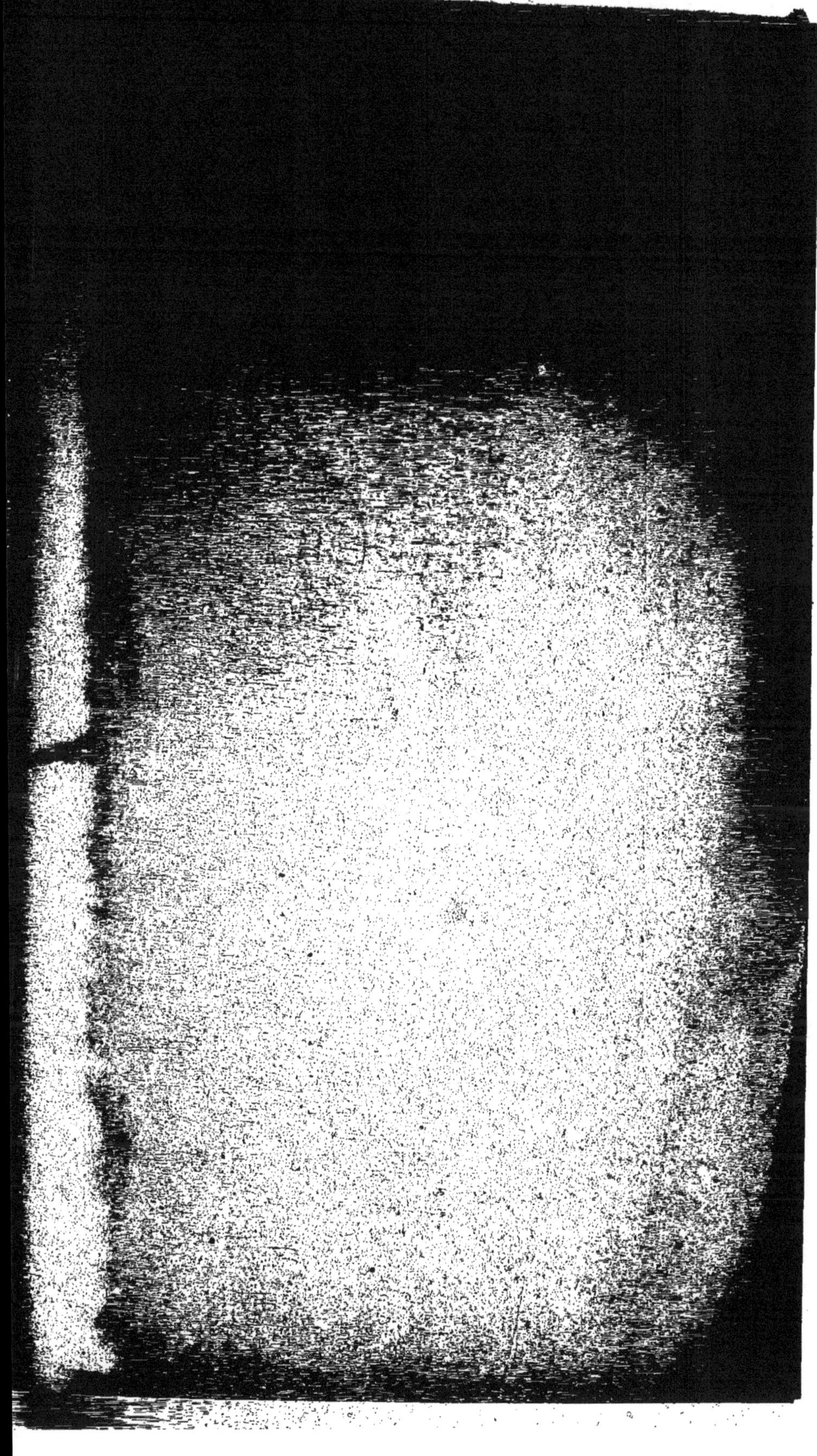

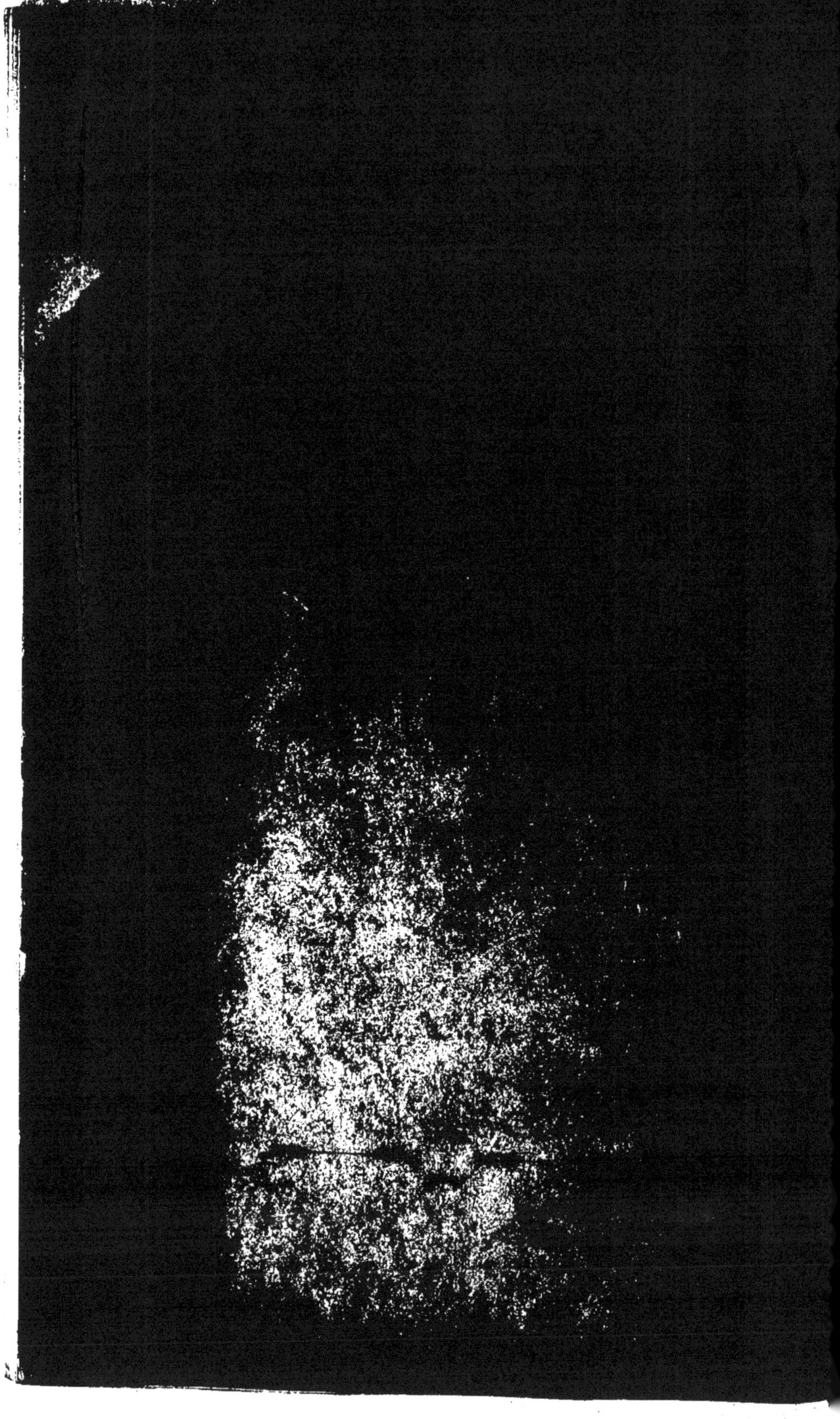

www.ingramcontent.com/pod-product-compliance
Ingram Content Group UK Ltd.
Pitfield, Milton Keynes, MK11 3LW, UK
UKHW020926180726
13838UKWH00002B/770